KB118531

생물학적인 눈물
이재훈 시집

문학동네시인선 166 이재훈
생물학적인 눈물

시인의 말

해거름에 골목을 산책하다가
허름한 편의점 테이블에 앉았다.
누추하고 스러져가는 것들을 가만히 보았다.
해는 슬쩍 잠기고
그 순간 가장 평화로운 바람이 목뒤를 스쳤다.
그 바람을 찾아 오래 떠돌고 싶다.

2021년 11월
이재훈

차례

1부

유신론의 시대

넙치

이른 비가 하늘을 덮는다.
바닥에 납작 엎드린다.
물의 더미에 몸을 맡긴다.
세상 풍조가 살결에 새겨진다.

퍼덕이며 헤엄쳐본다.
수면 바깥의 풍경을 상상한다.
포유류와 호모사피엔스의 세계.
아가미 잃은 어미가 수면에 떠 있다.

하늘에 속한 사람은 누구일까.
모든 배후에 바람이 있다.

만져야 하고 맡아야 하는 바람이
물속까지 숨을 불어넣는다.
유신론의 시대가 오고 있다.

추천해주고 싶지 않은 직업

단도를 꺼내 당신의 귀를 자르고 싶었어요. 늘 문밖에 서서 나의 독백을 엿들었잖아요. 가까이할 수 없는 안타까움을 무의식적으로 내뱉은 제가 잘못이죠.

묻고 싶어요. 멀찍이 당신을 따라다녀도 되느냐고. 애초에 모든 것을 부수는 마음이었어요. 경우의 수는 없었죠. 칼에 진리가 없고 달콤한 사과에 진리가 없어요.

자다 깨니 비가 내려요. 베란다에 본드처럼 빗줄기가 흘러요. 슬픔은 멀찍이 바라보는 것에서 시작되었어요. 만지지 못하고, 쓰다듬지 못하고, 홀로 방탕했어요.

당신은 나를 부인하지 않았어요. 당신에게서 아무런 죄도 찾지 못했어요. 나를 감독하고 해설하는 사람들이 넘쳐나요. 기대하지 마세요. 강도를 만나면 투쟁하면 돼요. 밤참 같은 미련들을 버릴 겁니다.

영혼의 책이 있다면 마지막 페이지는 어떻게 쓸까요. 표적도 없고, 분홍빛 과거도 없으며 초록빛 미래도 없는데요. 뭐라고 울까요. 저는 그저 그리워하는 직업을 가졌을 뿐인데요.

라틴어를 배우는 시간

선생님. 제겐 염소가 없어요. 금전도 없어요. 금붕어처럼 숨죽이고 있어요. 시간은 정물화처럼 상투적으로 흘러요. 당신의 아들은 누구입니까.

타락하고 부패한 자에게 살진 송아지가 잡혀 있지 않나요. 반항하는 무례한 자에게 왜 무릎을 꿇고 있나요. 정의는 무엇인가요. 저는 집을 떠나본 적이 없어요. 바닷가의 노을을 보고 싶어도 참았어요.

대신 저는 죽지 않았어요. 겁은 났지만 나약한 자리만 찾아다녔죠. 문밖에서 소리가 들리네요. 눈물 흐르는 소리가 들리네요. 맹인이 그림을 그리고, 벙어리가 노래를 부르네요.

먼바다의 시간을 견뎠어요. 당신과 내가 주인공인 이야기를 들려줄게요. 내가 주인공인 이야기가 죄라는 사실을 몰랐죠. 만찬은 그때 들어요.

널리고 널린 사망의 공간. 거리를 걷다가 넘어져 있는 나를 보았어요. 무릎을 꿇고 울고 있어요. 나는 선물이 되지 못하고, 맛이 되지 못하고, 그저 나만 아는 곤고한 사람이 되었어요.

이렇게 구걸해본 적이 없어요. 지금 가장 위험한 사랑이 ─
에요. 괜찮다면 괜찮은 이별의 순간이에요. 눈곱을 떼어내
고 이방의 언어로 세상을 겨우 읽기 시작한 근사한 순간이
에요.

고통과 신체

안개는 진노가 없다. 죄의식도 없이 서로 엉켜붙어 있다. 아무리 꾸짖어도 소용없다. 시간이 되면 서로가 흔적도 없이 사라진다. 안개에 몸을 의지했던 시간이 있다. 허벅지 사이에서 꿈이 흘러내렸던 시간.

기도를 하면 의심이 바람을 따라 들어온다. 풀잎에게 구하고 물결에게 구하고 나무의 냄새를 맡으면 머리가 깨질 듯이 저려온다.

찬밥에 물 말아 오이지를 먹는 저녁. 오해 없는 저녁. 인문이 없는 어둠. 정열이 없는 어둠. 그렇고 그런 나이가 되어 청승이 된 밤.

당신은 다 알고 있을까. 온 얼굴에 물을 적시고 어린아이의 모습으로 웃는다. 홀로 오르던 성채가 사소한 감정으로 무너진다. 구하고 절하고 넘어지는 어제와 오늘. 매일 물냄새를 찾아 강가를 서성인다.

땀을 흘리면 고난을 내려놓게 된다. 한때는 귀신이 나타나 온몸을 두드린 적이 있다. 생활은 귀신까지 빠져나가게 만든다. 소심하고 부끄러운 저녁이, 또 밤이. 수없이 속절없이 보냈던 날들이.

진흙이 발가락 사이로 삐져나온다. 부드러운 흙이 발목을
잡아끈다. 눈을 부릅뜨고 어둠 속을 본다.

노란 애벌레가 좋아

무리를 소개하는 땅에서 바닥에 엎드려 흙냄새를 맡습니다. 콧속에서 흙이 뒤범벅됩니다. 제겐 창조가 있습니다.

슬픔이 죄가 되어 눈을 찌릅니다. 질문이 없고 관념만 남았습니다. 세상 모든 종류의 기도가 머릿속에서 꿈틀댑니다.

왜 쫓아가지 않았을까요. 왜 옮기지 못하고 말만 했을까요.

무릎을 꿇고 뱃속에 가득한 허기를 노래했습니다. 제게도 노래가 있습니다. 흙이 알고 물이 알고 미천한 생물이 아는 소리가 있습니다.

사람들에게 질투의 악수를 청했습니다. 간혹 믿지 않는 참상을 목격하기도 했습니다. 저는 늘 공중을 향해 소리질렀습니다.

오래도록 십자가 밑에 엎드려 노래를 들었습니다. 피부가 벗겨져나가고 뱃가죽이 짓무릅니다. 신실한 불화도 있다고 읊조려봅니다, 질병의 사랑도 있다고요.

나뭇가지에 노란 불이 하나씩 켜집니다. 부활절이 다가오고 발자국들이 바빠집니다. 온몸이 노랗게 변해갑니다. 창

자까지 노랗게 물듭니다.

　병석에 오래 있다보니 입술에서 신음이 흘러나왔습니다. 흙이 회복되고 사람의 목소리가 되살아올까요. 때마침 저는 모든 오욕을 토해낼 때입니다.

—   **양의 그림자를 먹었네**

—   약한 것은 죄악입니다. 버려져야 하는 짐승일 뿐입니다. 저는 뿔도 없고 날카로운 이빨도 없어요. 늘 방향을 잃고 턱이 깨집니다.

모두 빨리 걷고 빨리 먹고 쉬지 않고 일합니다. 강도도 되지 못하고 시체도 되지 못합니다. 저는 한때 그림자입니다. 아는 목소리도 없고 얼굴도 없습니다.

흘러가는 무리들에 몸을 섞습니다. 홀로 다닐 용기도 내지 못합니다. 늘 문을 찾아다닙니다. 아침에 나갔다가 되돌아오지 못하는 시간을 기다립니다.

태양은 하나밖에 없습니다. 저는 하나밖에 없습니다. 문은 늘 가장 가까이에 있고 때론 가장 먼 곳에 있습니다.

아무도 모르는 시간. 서서히 멸망해가는 저녁을 봅니다. 매일 제게는 그림자가 생겨납니다. 사라졌다 생기면 풍성한 잎사귀를 얻습니다.

땀을 얻고 꿀을 얻습니다. 저는 목동이 아닙니다. 문을 찾지 못하고 한낱 그림자에 놀라는 동물일 뿐입니다.

가진 것을 구름과 나누고, 아는 것을 땅에 심고, 성한 것을

—

하늘에 맡기고 싶습니다. 이제 그림자는 죽습니다.　　　　　—

소립자의 뼈

사제가 뱉어놓은 말이 검은 소문을 지나 하수구 밑에서 삭아가고 있다. 정지선에서 좌회전을 기다리는 깜박이 소리가 심장을 두드린다. 한 알의 말이 썩는 시간. 한 겹의 껍데기가 말을 감싸는 시간.

늘 견디지 못하고 날것을 먹었다. 살갗을 전시하고 도륙했다. 목표는 죽는 것. 새벽 기차를 타고 벼랑을 향하다가 허연 거품을 머금고 부패해가는 말 무더기를 보았다. 뻘겋고 뜨겁고 두툴두툴한 혀를 내놓고 징그럽게 웃는 말.

당신을 생각한 것은 아니었다. 먼 들판의 말이나 깊은 골짜기의 말이 내게 위안을 준다. 퉁퉁 부은 눈으로 드라마를 보거나 술이 덜 깬 입으로 평화를 얘기하는 일상. 오랜 시간 갇혀 지냈다.

사랑의 말을 모르는 사람. 기쁨의 말을 모르는 사람. 멀리서부터 동이 터온다. 눈을 감으니 따뜻한 햇살이 눈두덩이를 간질인다. 언제부터 사제의 말을 꿈꾸었던가. 나는 그저 꿈만 꾸는 사람.

당신을 새기기 위해 온몸을 부비고 태웠다. 나는 여전히 말을 하기 위해 첫차를 타는 노동자일 뿐. 아마도 당신은 영원히 숨겨야 할 혀의 비밀을 지켜야 한다.

들판엔 어느새 눈이 내리고 있었다. 산도 들도 모두 앉아서 엉덩이에 피를 모으고 있다. 심장이 또 저 대지로 흘러갈까봐 꼭 쥐어본다. 말들의 시체. 말들의 평화. 말들의 새벽.

사랑의 계절도 있나요

발뒤꿈치에 물집이 생겼습니다. 터진 상처에 꿀을 발랐지요. 거절을 할까 생각하다가 그만두었습니다. 아픈 곳엔 햇빛이 오래 머물렀다 가면 됩니다.

겨울 굴 한 점. 차가운 동치미 한 그릇. 위로가 되었나요. 오늘은 형제와 같고 미래는 수학과 같았지요.

소주 한 잔 털어넣고 굴 한 점 먹고. 소주 한 잔 또 털어넣고 삶은 돼지고기 한 점 먹고. 또 소주 한 잔 털어넣고 굴과 돼지고기를 함께 먹어요.

거리의 어둠을 봅니다. 행복한가요. 짜증내며 인터넷뱅킹에 로그인하고 마음에 병이 생겨 병원을 오가는 한겨울입니다.

사다리를 놓고 지붕을 오른 적이 있지요. 비난할 사람을 찾고 지붕에서 떨어지는 사람들을 조롱했지요. 그러다 지붕에 누워 하늘을 보았지요.

모두 갈등을 즐기고 불행을 상상하잖아요. 비참한 포로를 원하고 제국을 숭상하지요. 황금의 하인만 된다면 바랄 게 뭐 있겠어요.

그저 그것뿐인가요.   —
울고 싶다고요?

살얼음 위를 기어가는 개구리의 숨소리를 들어보았나요.
유리창에 달라붙은 나방의 낮잠 소리를 들어보았나요.

—

돼지에게도 자존심이

햇볕이 들지 않는 작은 방에 앉으면 공중에 떠다니는 칼을 만난다. 칼 속에는 비명이 들린다.

뒤돌아보지 말 것. 자존심은 저 먼 동산에 유폐시킬 것. 칼을 가진 자는 제 귀를 자른다.

더 큰 힘으로.
더 큰 위기로.

선지자는 망할 말을 쏟아낸다. 나는 칼을 품고 잠을 잔다. 도시에는 칼잡이가 있고, 어린이와 여자가 있다.

중얼대는 망혼이 둥둥 떠다닌다. 칼을 넣어라. 사랑보다 더 강한 것을 찾는다면 귀를 찾겠다.

심판은 선언하지 않고 올 것이며 귀신은 살아난다. 십자가를 지는 거지와 강도가 그림자로 사라지는 시간. 발걸음이 하늘로 날아간다.

인간의 땅에 말을 섞는다. 여전히 방엔 햇볕이 들지 않는다. 옷가슴이 딱딱해진다.

먹기 위해 산다는 말. 그게 모든 것이라는 말. 고기가 되는 말이 둥둥 떠다닌다.

재의 수요일

감정의 기원은 불에 있을까. 스러지는 노을이나 요동치는 빗발에는 모든 게 소용없다.

너희 중에 누군가는 날 배신하고 그들 중에 누군가는 또 다른 배려를 얻기 위해 무릎을 꿇겠지.

증명할 수 있으면 어디 해봐. 선한 자는 숲속 뱀의 발밑에 숨어 있지.

수요일이 왔다. 지천에 널려 있는 악의 부스러기들. 고통과 어둠이 사십 일 동안 지속될 것이다. 더한 슬픔과 허무가 너를 뒤덮을 것이다.

이상한 구름이 뜨는 날. 경의선 전철 문이 열릴 때 멀리 박새가 숲속으로 숨는다. 형용사는 사라지고 감탄사만 남아 있는 광장.

칭찬의 내력을 모른다. 숲을 향락하고 새를 소비하고 책을 노리개로 삼는 언어들이 노트에 가득하다.

매일 길을 걷는다. 소리도 지르지 못한 채 매주 수요일이 간다. 길을 찾아가는 당신이 저멀리 보인다.

그림자가 사라지고 어둠이 차오르면 재의 날들이 시작된
다. 부패한 아버지의 집이 여기저기서 깜박인다.

기다림 방법

천둥이 거리에서 몸을 푼다.
앙숙을 찾아 헤매다가 생일을 맞는다.

금요일 밤 돈도 없이 주점에 들어간다.
기억은 자주 정지되고 부재중 전화는 늘어난다.

부끄러움을 사들고 거리에 서 있는 시간들.
늘 어른 흉내만 내는 환희의 거리.

성탄절이 지나면 곧 의미 없는 나이가 늘 것이다.
스마트폰을 만지작대며 스팸전화를 차단해가며.

난 죽은 사람이 아닌데
아름다운 무당을 찾아 이름을 바꾼다면 달라질까.

저 언덕을 넘으면 오래전 약속이 기억나고
들판에서 잠을 자다 깨면 기도를 하겠지.

흥이 되지 않는 거북이를 얼싸안고
황홀하게 뒤척이는 꿈을 꾸다 일어난 밤.

아주 먼 후일의 이야기다.
방법이 없는 밤을 지새운다.

흙을 구워 그릇을 만들고 이름을 새기고
새로운 일을 타진하고 소소한 불행을 맞는다.

머리를 감다가 어처구니없이 울게 될 때.
양치를 하다가 가장 더러운 모습으로 청승 떨 때.

슬픔은 그저 조건일 뿐이다.
별이 되거나 달이 되는 운명의 이름일 뿐.

다행히 남쪽 항구로 향하는 버스는 늘 달린다.
멍하니 손가락을 헤아리다보면 노을이 천천히 바다에 잠
긴다.

당신은 시를 쓰는 사람인가요

감당할 수 없어 자꾸 울기만 했다.
너무 늦었고 너무 오래 생각했다.

매일 입고 벗는 옷은 얼마나 규칙적인가.
매일 입고 벗는 시가 되기 위해 환각을 맞는다.

이 세계에서 사라지는 법.
풍토를 모르고 사라지는 법.

사람들은 불행의 뒤만 좇으며
아파트로 들어가고 사무실에 갇힌다.

붉은 눈으로 침을 흘리며 냉동식품을 먹고
화학적으로 만든 술을 마시는 밤.

희곡은 부부와 같은 것.
소설은 우정과 같은 것.

시는 연애와 같은 것.
그리고 시 쓰는 사람은 두부와 같은 것.

반가운 길은 멀다.
열두 시간은 걸어야 새로운 바람을 맞을 수 있다.

채찍을 하늘에 걸고 오후 햇살을 맞는다.

된장찌개를 끓이고 두부를 삶고
잘 익은 파김치를 앞에 두고 막걸리를 마신다.

잠자코 있지 못하고 근사한 곳만 확인한다.
무서운 날들을 애써 외면한다.

마지막 순간은 말이 아니라 표정이 될 것을 모르고.

아직 사십대

기었다.
울었다.
다시 기었다.

모래 위에 길을 내는 곤충 한 마리.
제 몸의 몇천 배는 달려왔다.
오르는 순간보다
흘러내리는 순간이 더 잦은 땅.
투박한 숨소리만 가득하다.
뜨거운 모래의 껍질을 밟으며
재빠르게 고통을 벗어나려는 발바닥.
벌건 곤충의 등에 올라탄 또다른 곤충.
사랑은 위험한 길에서 더욱 악착같은 것.
더 아래로 굴러떨어지더라도
더 위로 매달리더라도
마치 한 마리인 듯 두 마리인 듯
서로의 목을 물고 처절하게 붙어 있다.
고요로 꽉 메운 뜨거운 모래언덕.

기었다.
울었다.
다시 기었다.
터질 듯 뛰는 심장소리가 환하다.

질병의 숲

　체온이 떨어진다. 골이 깊어진다. 첫째도 없고 둘째도 없는 시간. 원인이 없는 병에 걸려 당신에게로 간다. 냄새나고 더러운 신병(神病)에 걸린 죄. 천형은 세속의 계명을 머금고 울어댄다. 이웃의 죄를 눈감고 옛 죄를 외면하는 때. 청소부가 죄를 쓸어담고 걸어간다.

　나무는 전쟁중이다. 나무를 어깨에 메고 시장에 나가 팔아보지만 아무도 거들떠보지 않는다. 나무에 글을 적어보지만 아무도 귀히 여기지 않는다.

　당신에게는 방법을 달리하고 싶다. 당신의 손끝은 지혜를 향하지만 그곳은 내가 없는 곳. 환자가 없는 곳.

　질병은 슬픔을 따라 자꾸만 숨어든다. 족장은 살육의 땅을 찾아간다. 전사는 피냄새를 맡고 외친다. 강물에 우박이 내린다. 언덕에 번개가 친다. 도시는 머리를 풀고 운다. 밤이 푹 젖는다.

　저녁이 오면 달은 강가에 오래 머문다. 모든 것을 용서할 것만 같은 고요가 새벽 속으로 걸어간다. 병든 숲이 아스팔트로 한 발짝 한 발짝 걸어온다.

오로지 밤의 달만이 반겼다

걸었다. 장막을 걷고 넓은 사막을 보았다. 구름이 지평선
까지 내려와 모래와 섞였다. 끝없는 모래 위를 걸었다.

자고 일어나면 없던 산이 생겼다. 또다른 날엔 있던 산이
사라졌다. 정해진 길이 없었다. 방향도 모르고 걸었다.

구름의 방법은 섞이고 사라지는 것. 모래의 정체는 흩어
지고 무너지는 것. 걸었다. 온몸이 구름처럼 적적했다. 진심
이 모래 위에 덩그마니 놓여 있다.

땅이 진동한다. 발바닥이 뜨거워 욕을 한다. 바위가 갈라
지고 물이 솟구친다. 어떤 마음은 심장이 아니라 무덤에서
나온다.

다시 길을 걷고, 밥을 먹고, 타인을 조롱하고, 거짓말을
하고, 핍박을 하고, 멸시를 당한다. 한 달이 지나면 산에 올
라 반성한다.

부자가 되기 싫은 마음들이 통곡을 한다. 구름은 두려움
처럼 따라온다. 몸이 따라온다. 시체가 따라온다. 병사들이
따라온다. 기쁨이 따라온다.

뒤를 돌아보니 아무도 없다. 이 세계에 충성하고 싶지 않

다. 사랑하고만 싶다. 장막을 열었다. 구름이 지평선까지 내
려와 거리와 섞였다.

생물학적인 눈물

바람은 바닷물을 뒤집고
바닷물을 따라 물고기들이 솟구친다.
햇빛에 몸을 기울이는 수중식물이
바닷물끼리 부딪히는 협곡에 숨어
줄기에 공기를 불어넣는다.
몰락의 길에는 비상구가 없다.
오랜 사랑이 없고 도륙과 생존만이
물속의 시간을 지배한다.
맑은 하늘 아래 아이가 뛰어놀고
씨앗들이 바람을 따라 잉태하는 땅.
순수한 길을 걸었다는 어떤 시인의
추악한 옷가슴을 보았을 때
원시의 바다를 생각한다.
오직 생존만이 도덕인 바다의 꿈틀거림.
미래를 점칠 수 없는 계절이 계속되고
가장 알량한 회개가 마음을 헤집는다.
수면 위로 솟구쳐올라 바위에 온몸을 부딪치는
눈물벼락.
남몰래 땅속을 흐르는 물주머니가
천둥처럼 얼굴에 달라붙는다.

누대(屢代)

안개의 아침이다. 더이상 기록할 것 없는 아침이다. 안개가 모든 생각을 흩뿌리는 아침이다. 안개가 햇살을 게워내는 아침이다. 저멀리 버스가 달려오는 아침이다. 날 태우고 어디론가 사라질 안개의 아침이다.

안개는 고귀한 기품을 가졌다. 허무한 철학처럼 떠돌고, 지루한 강의처럼 외롭다. 안개엔 형용할 수 없는 아름다움이 있다. 당신은 안개를 가졌는가. 뿌옇지만 매혹적인 몸을 누군가에게 보인 적이 있는가.

환상은 늘 추방당하지만 안개의 나라에서는 추앙받는다. 지구를 떠받치는 논리는 빵이 아니라 장미다. 저쪽 저만큼 안개가 있다. 손을 내밀어 세계에서 가장 흔하고 아름다운 물질과 만나는 시간.

슬픔을 고이 접어두는 버릇이 생겼다. 서럽게 울어도 보았지만 남는 것은 헛헛하고 메마른 싸구려 감정뿐이다. 당신께 물어도 보았지만 남는 것은 뻘쭘한 부끄러움뿐.

안개는 다시 태어난다는 약속도 없이 천천히 그 깊이를 알수 없는 곳으로 사라진다. 안개를 온몸으로 먹고 슬픔은 기지개를 편다. 서럽게 아름다운 문장이다.

형식의 세계

절차는 없다.
새를 바라보는 것이므로.

빛이 새의 몸을 관통할 때.
누구든 게임이 끝나길 바란다.
아낌없는 폭언들이 분주하게 떠돈다.
가로등 위로 떨어지는 찬비.
새의 목숨은 상투적으로 널브러져 있다.

비를 맞은 새가 똥을 싼다.
밥이 되지 못하고, 일탈이 되지 못하고
거리에 존재하는 저 새.

게임이 종료되기 직전
전봇대 꼭대기에 앉아 있는 직박구리를 보았다.
우연이라고 하기엔 명징했다.

새의 고향이 숲이라는 전설은 허황된 말이다.
전봇대엔 가로등이 걸려 있다.
매일 밤 환히 켜져 있어야 하는 육체는
매일 밤 쓰여야 하는 운명.

게임을 즐기라고 한다면 할말이 없다.

나는 애초에 게임을 원치 않았다.

계절도 없이 유지되는 행간의 악몽.
오늘도 무덤을 밟지 않았다.

새가 허공으로 날아오를 때.
광장이 건물을 뒤덮을 때.

슬쩍, 당신의 영혼을 훔친다.

괴물

졸립니까. 당신은 혼자 있는 시간이 그렇게 많은데 말이죠. 생각해보면 가진 게 많지 않습니까. 누울 집도 있고 차도 있고 아내와 자식도 있잖아요. 출근을 안 해도 되잖아요. 지난주엔 혼자 조조영화를 보고 왔지요? 그다음날은 술을 마시고 늦잠을 잤지요? 슬픈가요. 초겨울 을씨년스러운 북한산을 오르며 무슨 생각을 하셨나요. 아무 생각도 없으셨겠지요. 솔직히 인간의 사유는 불쾌하기 짝이 없어요. 모두 엄살이고 타살이죠. 매일 똥을 누지 않습니까. 더러운 인간들. 또 졸립니까. 당신은 매일 자지 않습니까. 매일 먹지 않습니까. 매일 기쁘거나 슬프죠. 참혹한 일들을 잘 기억하고, 사소한 일들을 잘 기억하죠. 당신은 글을 씁니까. 글을 쓰며 매일 사람을 먹거나 토하죠. 부인하지 마세요. 계단을 오르면 숨이 차는 것처럼, 인간들은 글을 쓰면 헐떡거려요. 감정을 절제할 줄 모르죠. 현명한 척 마세요. 당신은 구원받을 거라고 생각하십니까. 그동안 젓가락으로 수없이 많은 음식들을 헤집었죠. 수없이 많은 마음들을 헤집었죠. 수없이 많은 죽음들을 헤집었죠. 더 할말이 있나요? 많다고요? 많겠지요. 쌓아놓은 기어(綺語)의 죄는 어쩌지요. 죽지도 못하고 혀가 뿌리째 뽑혀나갈 텐데요. 운명이라고요. 그것이 인간의 운명이라고요. 살아 있는 자의 운명이라고요?

정의

수풀에 있었다. 가장 낮은 곳에서 숱한 위험을 만났다. 혐오스러웠고 추했다. 돈과 권세가 있으면 죄가 없단다. 늘 죄인으로 살아야 하는 수풀. 악인들의 말로에 대해. 저 높은 단상의 말로에 대해 어지러운 소문들만 들어야 한다. 수풀은 파괴되지 않는다. 이곳에 오래 있으면 더러운 짐승이 된다. 수풀 속에서 다리를 감싸안고 울었다. 풀잎들이 흔들렸다. 풀잎에 빗방울이 간신히 붙어 있다. 빗방울은 오래 버티지 못하고 곧 흘러내려 사라졌다. 새로운 빗방울이 또 고인다. 퍼도 퍼도 마르지 않는 이 질긴 운명. 피를 머금고 있는 빗방울. 수풀에 있었다. 아침햇살까지 야속한 수풀에 있었다. 금방 고이다 사라지는 수풀에 있었다. 거짓말이 수풀에 가득했다.

물고기 바이러스

채찍을 맞아 자줏빛 흉이 등에 가득합니다.
고통이 마른 뼈를 부스러지도록 껴안습니다.
후회도 없고 웃음도 없는 화해입니다.

강한 존재를 숭배했지요.
친절한 사람은 많지만 내 사람은 없습니다.
금붕어의 시간. 아가미의 운명.
아무리 높이 올라도 어항 안의 세계입니다.

참다운 짐승이라는 말도 있습니다.
짐승이라는 역설이 화폐를 모으고, 집을 옮겨다니고,
먹고 마시고, 침을 흘립니다.

아이들이 미끄럼틀을 타는 소리가 들립니다.
오래오래 놀이터의 소리를 듣고 있으면
탄식이 뭔지, 저녁이 뭔지, 애달픈 게 뭔지 알 것도 같습
니다.
다행히 노래하는 세포가 아직 남아 있습니다.

숭배하는 마음이 가득한 밤인데
아무도 내게 찾아오지 않습니다.
누가 누구를 품고, 누가 누구를 동경하고, 누가 누구를 구
제할까.

인간은 그저 오늘 저녁밥을 생각할 뿐입니다.

아비를 죽이고 시체를 토막내는 자도 있습니다.
전염병에 관용은 없고 심판은 멀지 않았습니다.
땅바닥을 자꾸 보며 걷는 여름밤입니다.

기쁨이라는 말, 평안이라는 말.
시에서 쓰지 못하는 말의 화석을 품고
죽을힘을 다해 숨을 참습니다.

부패한 사랑

포로가 되어주세요. 저는 할말이 없습니다. 억울함도 없습니다. 시계를 찰 때의 설렘처럼. 구두를 신을 때의 긴장처럼. 늘 바깥을 나돌았지요. 그러니까 복수는 아니라고요. 햇살이 눈을 찌르고, 아스팔트가 물렁해지고, 냄새가 쾨쾨했기 때문이라고요.

설거지를 하다가 깨진 유리에 손가락을 베었어요. 창밖엔 미세먼지가 가득해요. 시끄러운 유령들이 날아다녀요. 곰팡이가 몸속으로 들어가고 순교의 비명이 귓속으로 들어가요. 내 몸은 먼지처럼 투명해요. 피부에 물이 번져요. 사랑이라는 말의 처연함. 밥을 굶어도 배가 고프지 않아요. 참회도 없이 죽어 있었어요.

당신의 사랑을 새벽으로 바꿀게요. 거절이 아니라 황혼의 허무로 바꿀게요. 태초부터 울고 있는 사람. 상처를 긁어내 주고 싶어요. 물 같은 음악이 귓가에 앉아요. 한때 우람스러운 나무가 되고 싶었죠. 이젠 물이 되는가봐요. 자꾸 녹아가요. 계속 쏟아져나와요. 솟구쳐올라요. 내 몸을 따라내고 싶어요.

2부

존재의 춤

에다

풀잎이 너를 쓴다.
바람이 도는데
밤이 도는데
풀잎이 너를 쓴다.

혼돈에 취해 풀잎의 뼈를 매만진다.
게르만들의 이름을 발음해보며
당신의 얼굴 속으로 걸어들어간다.

뿌연 밤이다.
거품이 가득한 허무다.

상점들은 모두 문을 닫았고
희멀건 다리들만 거리에 가득했다.
어른이 되어도 수염이 나지 않는다.

풀잎이 너를 쓴다.
멀리서 너를 읽는 소리가 들린다.
네 몸이 조각나 날린다.

우린 모두 피를 만드는 사람.
어떤 사람은 역사를 쓰고
어떤 사람은 일기를 쓰고

어떤 사람은 시를 쓴다.

새벽이 건너가는 소리 들린다.
거울을 보니 흰 수염이 가득하다.

외경(外經)

멧돼지가 설산을 뛰어다닌다. 그믐의 밤. 멧돼지는 나무에 코를 처박는다. 피가 눈 위에 팥죽처럼 쏟아진다. 사냥꾼이 헐떡거리며 도끼날을 번득인다.

멧돼지의 등에 도끼날이 박혔다. 그림자는 날뛴다. 숲의 바깥으로. 숲의 안쪽으로. 어지러운 발자국이 낭자하다. 피비린내가 가득한 그믐의 숲.

눈을 벌겋게 뜬 채 온몸에서 김을 뿜으며 쓰러진 거대한 덩어리. 혓바닥을 내밀고 경련을 일으킨다. 천천히 숨을 거둔다.

사내들은 멧돼지의 거죽을 벗긴다. 뱃속에는 아기가 잠들어 있다. 핏물을 빼고, 내장을 들어낸다. 곤히 잠든 아기를 다시 뱃속에 넣어준다. 죽어 있던 멧돼지는 아기 울음소리를 내며 눈을 뜬다.

사내의 얼굴에 털이 나기 시작한다. 굵고 뻣뻣하고 날카로운 털. 살가죽이 두꺼워지고 검게 변한다. 멧돼지 가죽을 둘러쓴 사내들이 도심의 골목길을 걸어간다. 지하철 계단을 내려간다. 여기저기서 방언이 터진다.

외설

열리는 밤이었다.
날개가 부서진 잠자리를 개미가 끌고 가는 밤이었다.

아름다운 배필이 있었나요. 저는 죄를 지었을 뿐입니다. 하늘은 저주를 내리고 흙은 침묵을 줍니다. 자꾸 혼자 있게 됩니다. 영험한 귀신이 늘 주위에 있습니다. 관계는 끊어집니다. 밥을 먹고 숲으로 들어갔습니다. 숲은 가장 평온하면서 가장 위험하죠. 차가운 바람이 겨드랑이를 훑고 지나갑니다. 구렁이가 혀를 내밀고 귓바퀴에 타액을 남깁니다.

달이 가득찬 밤입니다. 아버지가 아들에게, 아들이 손자에게 가장 더러운 것을 물려줍니다. 군중은 사람들만 보았습니다. 솟대가 불타는 모습을 보았습니다. 달이 저물어갈 즈음 아이를 훔쳤습니다. 오랫동안 가시덤불 사이에 숨어 있었습니다. 신발과 노란 모자를 만들었습니다. 전쟁인가요. 이제 이야기가 시작됩니다. 저기 보세요. 밤은 불타고, 개미들은 바쁘게 움직입니다. 현대인들의 합창이 여기저기 들립니다.

저에게 두번째 이름을 주세요

동네입니다.
박사들과 의사들은 도처에 있습니다.
이름을 불러봅니다.
병든 자들이 도처에 있습니다.
불행은 뿌리가 없습니다.
바이러스가 창궐합니다.
온몸에 열이 납니다.
불안이 거리를 뒤덮습니다.
꿈의 뜻은 구원입니다.
털이 없는 옷을 입는 겨울입니다.
고기가 없는 음식을 먹습니다.
소용없는 일입니다.
세상이 죄를 지어 만든 역병입니다.
물속에서 시동을 걸었습니다.
다르게 살 수 있는 방법이 있나요.
신들은 모두 멀리 있습니다.
배가 부른데도 자꾸 먹습니다.
친구들은 하나둘씩 멀어집니다.
밤을 무서워했어요.
뒷마당을 무서워했지요.
이해할 수 없는 슬픔도 있습니다.
가장 나쁜 운명도 있듯이.
오랫동안 갇혀 있습니다.

새로운 이름을 얻을 수 있을까요.
목이 마릅니다.

고스록

때론 하늘의 구멍이라고 불리지만 실은 하늘에 떠 있는 모닥불. 영웅이 되기 위해 대륙과 해협을 넘어 황금의 칼을 가지러 온다. 결국 불에 타서 사라지는 영웅의 후예. 절충할 수 없는 생활을 안고 어딘가로 떠나는 비극의 구름.

푸른빛이 별을 덮친다. 막강한 지혜로 무장한다. 백 년이 걸리는 대기를 뚫고 가스로 가득한 곳에서 혼절한다. 가장 완벽한 암흑에 당도한다. 영하 삼백 도의 암흑과 물만 가득 차 있는 곳. 수백 미터의 태풍이 불고 번개가 머리를 내리친다. 진창 속에서 시간의 머리가 만져진다.

결국 멀리 있는 존재는 아름다운 법.

눈이 멀어 앞을 볼 수 없다. 빈틈없이 빨간 혐오들. 불안은 왜 이리 활동적인가. 짐은 깃털처럼 날아가고 역겨운 육체만 덩그마니 지키고 있는 저녁. 이 도시의 인간들은 몸뚱어리로 겨우 추측할 뿐이다. 수동적이고 비밀스러운 생물들. 게다가 꼬리도 없이 두 발로 걷는 신체들. 위험한 나이에 이르러서 피곤한 지위에 이르러서 하늘을 보는 자들.

어떤 병은 박쥐가 되어 어둠 속에 있다가 후두둑 뛰쳐나온다.
심장이 낮아지는 수억 년의 시간.

가까이에서 보면 모두 극한과 불행의 섬.

우주의 섬에서 아득히 부르짖는 슬픈 소리.

등뼈라는 말은 안 쓰는 게 좋아요

저를 기억해주세요.
가끔씩 흙속의 별이라고 하죠.
때로는 지하의 구멍이라고요.
여닫이문이 열리는 기획을 해달라고 했는데
흙은 그런 식으로 활용을 안 한다고요.
우리는 늘 섞여 있어요.
융합의 세계고 서비스의 시대잖아요.
저는 강력한 진창의 현실이에요.
불쾌해하지 말아주세요.
아픈 편지를 보내주세요.
당신의 얼굴을 기억하는 놀라운 물질이 될게요.
우리는 렌즈로 뒤덮인 땅에 서 있어요.
온 사방이 당신을 지켜보고 있어요.
제 몸에서 신성한 권력이 자라는 걸 알고 있나요.
이제는 풀이 권력이고 꽃이 힘이에요.

모닥불 주위 사냥꾼들의 눈빛을 보셨나요.
제 몸 위를 밟고 가는 맨발의 노여움을 느끼셨나요.
저를 지렁이라고 부르는 사람들도 있죠.
제게 요구하지 말아주세요 그냥 떠나주세요.
어서요 어서 빨리요.
경의선 막차 시간이 다가오고 있어요.

바보배

온전한 말이 떠다닌다.
응징하는 말이 가라앉는다.
물결이 발끝을 찌르고
햇살이 허리를 관통한다.
바람이 온 바다를 취하고
고난을 서서히 물들인다.
인간의 미래와 교훈과 철학이
가득하다는 배에 오른다.
가장 가까이에서 파도를 보고 싶어
뱃머리로 간다.
춤을 춘다.
옆 사람도 앞 사람도 춤을 춘다.
서로의 얼굴에 삿대질하며 춤을 춘다.
겨드랑이에 책을 끼고 읽으며
춤을 춘다.
비난은 하지 마세요.
충고도 하지 마세요.
춤을 추는 것뿐이에요.
인간의 땀과 살 냄새를 맡고 싶어서
배가 고파서 춤을 추는 것이에요.
흥청망청하는 게 아니라 존재의 춤이에요.
어머니 뱃속에서부터 추던 춤이에요.
바람이 일렁인다.

노을이 출렁인다.
발걸음이 뒤엉킨다.
선장이 노름을 하고 있다고
누군가 귓속말을 한다.
선장은 재물을 모으고 여자를 취하고
기름진 음식을 먹고 뚱뚱한 배를 내민다.
흉년 아닙니까.
우리는 늘 어둡고 처절할 겁니다.
지금 당장 맛나게 먹고 즐겨야지요.
챙길 게 있다면 챙겨야지요.
저 혼자만 그런 게 아니라오.
갑판장과 항해사도 함께 챙겼는걸.
물고기가 잡히지 않는 배에서
스르르 살육이 시작된다.
사람의 껍질을 벗기고
사람의 살을 바르고 찢는다.
그렇게 살 바에야 차라리 죽지요.
죽음은 우리가 선택하는 게 아니란다.
광포한 얼굴들이 득실댄다.
아무런 맥락 없는 말들이 흘러간다.
물이 튀면 물고기가 떠오른다.
배는 광채가 없다.
배는 반란이 없다.

습관이 지킬 수 있는 것을 헤아린다.
배의 꼬리에 사람들이 모인다.
모임을 만들고 모의를 하고 법을 만든다.
몇몇을 죽이고
살인의 적법한 이유를 만들고
서로 미워하고 질투하는 방법을 제시한다.
바람이 사람들의 머리칼을 흩뿌린다.
빗방울이 떨어지기 시작한다.
사람들이 눅눅해진다.
어떤 이는 죽고 어떤 이는 병들고
어떤 이는 흐느낀다.
서로가 서로에게 소문을 전한다.
당신이 죽었으면 좋겠다고.
눈동자가 탁해지고 사람들이 소금에 절여진다.
흙이 그리워
사박사박 발바닥에 투박하게 감기는 흙을
밟고 싶어.
사람들의 몸이 점점 투명해진다.
배가 점점 투명해진다.
바다 한가운데 점으로 남다가 사라진다.
멀리서 들릴 듯 말 듯
아기 울음이 들려온다.

리부팅

공간은 텅 비어 있고 시선은 빗나간다. 버티고 버티다 고통의 배후에 섰다.

눈물이 흙속에 묻혀 삭아가고 울분이 말로 떠올라 붕붕 떠다닌다.

어둠을 씻고 닦는 밤에 고개를 숙이고 말을 매만진다.

무릎을 꿇고 어둠을 보다가 희미하고 억센 빛을 보았다.

무덤가엔 코스모스가 피었다. 목숨을 바친 가시가 혀를 내밀고 있다.

발가벗겨져야 햇살이 된다. 풀잎을 통해 햇살을 이해하는 한낮.

목동들이 노래를 부를 때 바다는 마법에 걸린다. 개구리로 변한 영혼들이 공중에서 자맥질한다.

나의 언어는 통치의 말이 아니라 숲에게 속닥거리는 말. 지배하지 않고 충돌하는 말.

대야에 물을 떠놓고 상처난 발을 씻는다.

발이 신음을 낸다. 가장 추악한 비극이 얼굴에 달라붙는다.

나물 같은 시

다시 움튼다. 분개한 아들이라고 전한다. 모든 마음을 소금에 절인다. 임종을 앞둔 개가 된다. 고백을 앞둔 비구니가 된다. 운명을 낭독하고 슬픔을 연주한다. 향기를 대접하고 호흡을 얻는다. 땅바닥이 두근거린다.

기적을 보고도 믿지 못한다. 알이 싹이 되고 싹이 열매가 되는 운명. 방황하는 무당벌레가 된다. 거미의 배꼽에서 흘러내리는 타액이 된다. 셈이 되지 않는 방법이 득실거린다. 눈이 감긴다. 길이 흔들린다.

흙은 움직인다. 날리고 적시고 가라앉는다. 아귀까지 올라오는 흙냄새. 잎사귀의 문을 연다. 구름의 날이 다가온다. 병에 걸린 날들이 시작된다.

고요한 시간을 강물에 바친다. 금기의 기도문을 하늘에 타전한다. 세상의 모든 소리가 잠을 잔다. 고개를 꺾고 땅으로 떨어진다. 한 시절을 울다보면 살짝 데친 가난이 서로 부둥켜안고 있다.

은혜의 굴뚝

　창밖엔 눈이 내린다. 나뭇가지가 모두 황금색이다. 박새가 지팡이를 입에 물고 하늘에서 내려온다. 아이들은 눈사람을 만든다. 골목엔 담배 연기가 자욱하다. 마법이 없는 벽시계가 오전 아홉시를 알린다.

　눈사람은 황금색으로 녹는다. 박새가 비둘기와 엉켜 울어댄다. 집안엔 온통 지하로 내려가는 계단뿐. 하얀 목련이 탐스럽다. 목련을 하나씩 따먹으며 계단을 내려간다.

　햇빛이 없는 지하에서 행복을 찾으세요. 멀고 긴 복도가 발 앞에 펼쳐진다. 사람들은 물을 지고 줄을 맞춰 걸어간다. 여기저기 묻는 사람들. 어디로 가는 것인가요. 모두 살기 위해서 가는 건가요.

　콘크리트 천장에서 물이 떨어진다. 열쇠도 없고 비밀번호도 모르는 채 하늘을 찾는다. 플라스틱으로 만든 정원에서 아이들이 뛰어다닌다. 새가 없고 꽃이 없고 소리도 없다.

　아이가 길거리에서 꽃잎을 내민다. 꽃잎을 받아드니 어두운 골목이 펼쳐진다. 하늘로 통하는 계단이 펼쳐진다. 박새 소리가 들린다. 돌 위에 앉아 하늘을 본다. 할머니 울음이 들린다.

우주항공여행사

고속버스를 타고 가는데 귓속에서 벌레가 나왔다. 라디오
에선 정치인들이 역사적 대결을 벌이고, 서울 집값이 폭등
한다고 보도했다. 햇살이 살갗을 파고들었다. 비릿한 풀냄
새가 목덜미에 앉았다.

차창으로 비가 들이쳤다. 자동차 후미등이 붉은 토사물을
연신 뱉어냈다. 도로에 개소리가 가득했다. 물고, 할퀴고,
짖어대며 내달았다.

주머니에서 반들반들한 카드 영수증이 한 움큼 나왔다.
가방엔 출간되지 못한 원고 뭉치가 가득했다. 리본을 매단
신혼여행 차량이 갓길을 내달았다. 사이렌을 울리며 경찰
차가 뒤쫓았다.

노루잠을 자다 깨니 도로가 황금으로 변했다. 뒤로 훌쩍
들리더니 하늘로 길이 뻗쳤다. 안전벨트를 풀고 가방을 꽉
쥐었다. 사냥을 하는 매가 차창을 찢었다. 온몸이 들썩였다.

아버지의 집으로 가는 길이 사라졌다. 성을 바꾸었다. 남
자에서 여자로. 이씨에서 남씨로. 남씨에서 별씨로. 허파가
부레로 변했다. 피부에 돌기가 나고 물이 흘렀다. 알이 나오
려는지 아랫배가 묵직했다.

고속버스를 타면 어디서 출발하든 종착역은 늘 강남 고속
터미널. 심야 택시를 잡기 위해 사람들이 가득 모였다. 하늘
에서 택시가 한 대씩 떨어졌다.

파종의 도(道)

궁핍 때문은 아니었다. 가급적 세상으로부터 가장 멀리 도망갔다. 더 깊이 더 고독한 곳을 찾았다. 나는 나무의 족속. 거리의 질서에 저항하다 피를 흘리고, 저주의 말로 땀을 냈다. 짐승처럼 쓰러지고 일어났다. 바람이 사는 거주지에 자주 운신했다.

바람은 내 심장과 폐와 위장을 어루만진 유일한 존재. 뒷동산에서 개울가로 빠져나가며 날 위로한 섬김의 존재. 한 덩어리의 말과 한 덩어리의 슬픔이 내게 간신히 남았다.

지켜준다는 말을 믿었다. 회복된다고 믿었다. 내 집엔 권태가 기거하고, 내 집엔 무기력이 기거하고, 내 집엔 재앙도 기거한다. 거리는 학살에 속한 세계.

거리의 규율을 화분에 옮겨 담았다. 한 뼘의 땅에 손을 집어넣었다. 축축한 흙의 몸을 지긋이 만져보았다. 햇살이 부드럽게 흙속으로 기어들어갔다. 흙이 고요히 뜨겁다. 내 손가락이 타올랐다.

폭발하는 숲

두 칸의 방과 작은 대청마루에서 일곱 명의 사내가 자랐다. 집은 늘 궁핍하여 바람이 불고 비가 오면 더 추웠다. 한 해 두 해 일곱 해. 대나무는 저 홀로 곧고 단단하게 온몸을 견디었다. 천둥이 치자 온몸이 뜨거워졌다. 일곱 해가 아니라 열일곱 해의 운명이 서러워 울었다. 하나의 대나무가 울고 나니 일곱 개의 대나무가 울었다. 서로 팔을 감고 몸을 뒤엉켜 울었다. 대나무는 숲을 이루었다. 하루에 칠 센티씩 자랐다. 일주일이 되니 칠십 센티가 자랐다. 숲은 두 칸의 방에서 자란 일곱의 사내들을 감싸안았다. 호랑이가 어슬렁거리다 대숲의 서늘함에 놀라 달아났다. 숲은 뜨거워지고, 슬픔을 토하고, 불타올랐다. 혈통을 토할 것이다. 부활할 것이 아니라면 재림할 것인가. 미지근한 흙으로 우리의 가계를 만들었을까. 새들이 나뭇가지를 물고 불을 지폈다. 죽순이 배꼽을 드러내고 춤을 추었다. 대나무는 땅속 깊숙이 발목을 심고 춤을 추었다. 머리를 숙이고 바닥에 코를 댔다. 우물이 들끓었다. 다시 살기 위해 물을 마시고 바닥을 뒹굴었다.

그런 뜻이 아니었는데

솟구친 나뭇가지를 억지로 잡아 뒤튼다.
제자리로 돌리는 것이라고.
누가 쳐다볼까 싶어 귓속말로 수군거린다.
너는 나무가 아니라 나방이었다.
촛불을 두려워하지 마.
어둠 속으로 숨어 혼자 취하지 마.
나무의 향이 좋아 매일 나무에 기댄다.
나무를 떠나 긴 방랑의 여정일 때도
내 속엔 나무가 있다.
우주에 하나씩 한 그루 나무가 있는 것.
언젠가 나무에게서 떠나겠지만.
그 서러움에 제자리를 원하겠지만.
그런 뜻이 아니라고.
나무 밑에 누워 눈물을 쏟아내지만.
그런 뜻도 없는 것.
아무도 그 뜻을 알지 못하는 것.
나방이 불속으로 뛰어든다.
가장 아름다운 세계로 훌쩍 뛰어넘는다.

궁륭(穹窿)

　고개를 헐떡거리며 오른다. 친구의 손을 잡고 오른다. 울렁이며 끌끌 오른다. 하늘이 점점 낮아진다. 산봉우리에 올라 오그라진 집을 본다. 지금은 아무도 살지 않는다는 고향집을 찾는다. 더 높은 언덕을 오른다. 몸이 끊어질 것처럼 가파르다. 속이 뒤집힐 것처럼 울렁인다. 하마 저 아래 일들은 까마득하다. 까마득하여 깜깜하고 울렁거릴 듯하여 울울하다. 잠시 하룻밤을 지새운다. 많은 사람들이 높은 자리에 오르고, 싸움에 승리하고, 육체를 얻는 동안, 언덕에 오른다. 친구 아버지의 병환과 내 아버지의 병환과, 친구 자식의 슬픔과 내 자식의 슬픔이 흐르는 밤이 지난다. 화폐가 주는 짜증과 서러움을 털어놓다가 죽음의 필연에 이를 즈음 말들이 차가운 공기에 녹는다.

　밤을 지새우니 비가 내린다. 사선으로 빗금을 그으며 산에 빗자국을 그린다. 비가 가슴을 그으며 내린다. 비가 가슴으로 파고들며 내린다. 모래를 잔뜩 실은 트럭이 언덕 밑으로 떠내려간다. 홍수는 아닌데 차가 떠내려가고 동물이 떠내려간다. 비는 내일이면 그칠 것이다. 내일이면 그칠 텐데 모두 떠내려간다. 첩첩산중에서 아래를 본다. 모든 시간이 빗금을 그으며 상처를 낸다. 지혜가 없어 빛을 잃어버리는 언덕. 고개를 올려다보면 더 가파른 비탈이 있다. 지금, 여기. 나무와 나무 사이. 풀과 풀 사이. 사람과 사람 사이. 둥그런 땅에서 한참을 졸다 깨어난 아침. 햇살이 언덕을 타고 오른다.

조향사

풀이 익어가고, 물이 익어간다. 마술사가 노래를 한다. 물이 익고 풀이 익는다. 물속에 풀이 서서히 잠긴다. 물을 만지니 풀이 붙는다. 풀을 만지고 싶어 물속에 손을 넣는다. 물이 피부를 서서히 감싼다. 물을 이해하지도 못했고, 물을 기억하지도 못했다. 물속에서 웅얼거리는 소리가 잠긴다. 내 최초의 기억은 물을 만난 일. 물은 뿜어내지 않고 속으로 숨는다. 깊이 침잠한다. 피부가 거칠어질 무렵, 물에서 잉크 냄새가 난다. 이제야 물을 읽는다. 물을 기억한다. 물속에서 풀의 노래를 듣는다. 마술사가 사라진다. 형언할 수 없는 향기가 온몸을 덮는다.

양과 소

애착이 왜 없겠어요. 바삭하고 구수한 풀로 인도하는 목동에게 얘기하죠. 구해달라고, 인도해달라고. 흙 위에 김이 오르고 풀잎이 춤을 추죠. 오늘은 어떤 땅을 찾아갈까요. 직설적으로 살았어요. 결국 사육되는 삶인데요. 은폐할 수 없는 삶인데요. 나무가 무성하고 줄기가 가득한 숲으로 가요. 숲을 지나면 푸른 초장이 나온대요. 저주를 물리치는 방법은 없어요. 그저 짜릿하게 잊는 것이지요. 잘생긴 숫양의 귀에 대고 속삭였어요. 그건 유혹이 아니라 위로지요. 얼마 전 죽은 친구의 심장소리가 들려요. 우린 모두 털을 빼앗기고 육체를 빼앗기죠. 송두리째 빼앗긴다는 게 얼마나 좋은지요. 아무에게도 얘기하지 않았어요. 언제부터인가 길들여진다는 걸 즐기게 되었어요. 하지만 즐거움만 있지 평안은 없어요. 목동은 그걸 잘 알죠. 이제 배가 불러요. 풀을 너무 많이 먹었어요. 벌써 해가 지고 있어요. 비가 오려는지 날이 컴컴해요. 목이 간지러워요. 음머 하고 울었어요. 내 목에서 소 소리가 났어요. 목동에게 물었어요. 왜 소를 택하지 않고 양을 택했느냐고요. 여기저기서 소 울음이 들렸어요. 우리는 우리로 가요. 순하게 무릎을 꿇고 오늘의 꿈을 꾸어요.

언젠가는 영월에 갈 것이다

내가 태어났다는 땅에 귀를 대볼 것이다.
영월의 장르가 생길 것이다.
물도 없고
구름도 없고
나무도 없는 중성의 세계에서
괴로워하지 않을 것이다.
나는 늘 길 위에 있을 것이다.
점퍼를 입은 사람들을 볼 것이다.
새로 발행된 지폐의 냄새를 맡지 않을 것이다.
윤리를 잊을 것이다.
늘 어지러운 바닥에 누울 것이다.
친구들을 오래 안 만날 것이다.
창밖의 두런거리는 소리를
오래 들을 것이다.
무를 수도 없는 사랑을 하고
구름과 약속할 것이다.
세상의 고아가 되어
명왕성의 시민이 될 것이다.

신축 아파트

내장을 까뒤집으며
구역질을 해대는
저 신랄한 파탄의 현장.

나무들은 온몸을 비튼다.
구정물이라도 받아먹으려고
하늘을 향해 울부짖는다.
살려고 몸부림치는 비애.

제 맨살뿐 아니라 속까지
다 털어내는 화려한 소비.
분수도 모르고 밝음과 어둠을
감추고 감추어
뒷소문만 무성한 은둔자.
목을 꼿꼿이 치켜올렸다가
다시 숙이고
축 늘어졌다 다시 일어서는
권태로운 운명의 그림자.

시간은 시체를 먹고 자란다.
할머니가 달 위에 뭉개고 앉아
이천년대 이야기를 시작하신다.

전쟁기(戰爭記)

비행기는 구름 위를 난다. 열두 명의 사람이 마주 앉아 애기를 나눈다. 한 명의 신사는 연신 시계를 본다. 급한 약속이 있다며 비행기에서 뛰어내린다. 일행은 아무 일 없다는 듯 애기를 나눈다. 한 명의 여성은 작가들의 별명에 대해 늘어놓는다. 한 명의 남성은 지금의 시장에서 살아남을 수 있는 출판에 대해 열변을 토한다. 앞에 앉아 있던 남성은 평전이 답이라고 말한다. 그 옆의 남성은 그레첸이나 지젤이 어떻겠냐고 한다. 그 옆의 옆에 있던 남성은 베르테르나 싱클레어가 좋겠다고 한다. 건너편의 여자 둘은 가장 극단적인 모더니스트 시인이 누구인지 격론을 벌인다. 건너편의 남자는 대뜸 끼어들어 애기한다. 텔로스의 영향을 받은 리좀적 주체들이 시니피앙의 욕망을 견디지 못하고 주이상스적 피지컬을 가진 은유로 이동하여 카니발리즘적 상상력들이 난무하고 있어요. 그러니까 요즘 젊은 시인들의 시가 식상하다는 말입니다. 모두 눈을 감는다. 기자 출입증을 걸고 있는 건너편 남자는 눈치를 살피며 조용히 그 말들을 받아 적는다.

비행기는 구름 위에서 내려와 푸른 바다를 건넌다. 제일 구석에 있던 남자는 여자들의 스커트 속을 자꾸만 힐끔거린다. 몇몇 사람이 일어나 구석의 남자에게 인사한다. 선생님. 기체후 일향만강 하신지요. 구석의 남자는 여성의 스커트에서 눈을 떼지 못한다. 갑자기 비행기가 흔들린다. 비행기가 넓은 평야지대를 낮게 날아간다. 기체가 기우뚱한다.

창문에 총알이 따다닥 박힌다. 창밖엔 어느새 새까맣게 비
행기가 날고 있다. 폭격이 시작된다. 폭음을 내며 거대한 불
꽃놀이가 이어진다. 한마디도 없었던 여자는 비명을 지르
며 울부짖는다. 검은 비행기 한 대가 우리를 향해 돌진한다.
모두 눈을 감는다. 마지막 비명들이 하늘로 퍼진다. 지상에
서 배운 말과 글들이 폭발한다. 자욱하게 연기가 인다. 구
름이 모두 걷힌다.

3부

저기에서 무한으로

새에게로 나무에게로

나뭇가지가 우거져 집이 보이지 않는다.
가로등은 겨우 깜박거린다.
사람들은 가면을 쓰고 액자 속으로 들어간다.
깊은 수렁 속에서 울다가 박제가 된다.
나무와 나무 사이, 숨쉬는 것들을 통과하고 있다.
시간의 사잇길을 지나니 새를 만난다.
나무 위에 앉아 한탄하는 새.
새는 황폐한 땅에 닿지 않아도 된다.
갈망하지 않아도 된다.
새는 나무에게로 나무는 새에게로.
모든 존재는 옮아가는 것.
감동도 없이 먹이를 먹는다.
나뭇가지가 우거져 사람들이 보이지 않는다.
새들이 울고 울어 목소리가 들리지 않는다.
가로등이 겨우 깜박거린다.
푸드득 사슴이 액자 속에서 튀어나온다.
아침이 되면 동물의 시체를 메고
북적이는 도시 속으로 들어간다.

카페에서 수행중

도시 어디에나 십자가.
붉은 기둥 사이로 빗나간 핏방울.

평행선인 배경은 없다.
지혜는 어긋나고 형과 삼촌은 도망갔다.

멀리서 구둣발 소리가 들렸다.
골짜기에 두고 온 목숨들이 비명을 질렀다.

무슨 소용이 있을까요.
시간이 없는 용서, 미래가 없는 용서.

걱정이 없는 의자가 놓여 있다.
상처가 없는 도시락을 먹는다.

통로를 따라가면 어머니의 길이 있고
비밀로 가득한 골목을 오를 수 있다.

집에 돌아갈 날짜를 손꼽는다.
당신은 그러면 안 되었다.

의자에는 용서가 있다.
커피잔 바닥에는 용서하지 못한 비유만 남았다.

역병

왜 죽었다고 생각하십니까. 우리는 빚진 자입니다. 어디에도 초대받지 못했습니다. 상점에는 매일 만찬이 열립니다.

모든 사람들에게 음악을 들려주었어요. 음악을 듣는 자는 없었지요. 성스러운 말씀도 듣지 않았어요. 우리는 무신론자입니다.

얼굴을 가리고 당신을 생각했습니다. 우울은 떠나지 않습니다. 오래 절망하니 오래 침묵하다보니 자꾸 소리치게 됩니다.

내가 없으므로 나서지 못합니다. 한 올의 티끌도 끌어안지 못합니다. 무덤 속에는 피가 없습니다. 잠자리에 누우면 이곳은 늘 타지입니다.

근심하며 요동칩니다. 뿌리며 기대합니다. 기쁨은 잠깐인데 분노는 평생입니다.

밤이 되면 늘 흐느낌이 깃들고 아침이 오면 구질구질한 가난과 마주합니다. 가난도 춤이 됩니다. 어디 갈 데가 없어 몸을 뒤틀어봅니다.

비비고 쓸고 비틀고 어루만지면 아주 잠깐 슬픔이 벗어집니다. 독가스가 자욱합니다. 옷을 벗지도 못하고 탈출하지 —
도 못합니다.

　몸에서 자꾸 냄새가 납니다. 송아지의 뒷걸음처럼 이유
가 없습니다. 거리에는 고름 덩어리를 매단 사람들이 천천
히 기어갑니다.

결핍의 왕

당신을 떠나는 것이 기쁨인지 슬픔인지 모르는 때.
손목 깊숙이 칼날이 헤집고 들어온 날.
온몸이 뜨거워지다가 갑자기 허기가 몰려왔다.

창밖엔 횃불이 지나간다.
죽어야 산다.
사라져야 기억한다.
좌절의 통로로 세포가 잠긴다.
내 몸엔 벌써 병이 찾아왔다.

바람은 나무를 돌보고
나무는 새를 돌본다.

몸에서 풍기는 불확실한 냄새.
혼자 밥을 먹는다.
숟가락이 밥그릇에 부딪히는 신비의 소리.

오래 생각하면 평안이 온다.
나무보다 성스러운 존재는 없겠지.

두려움이 전쟁을 만든다.
광야에 버려진 염소를 기억한다.

사랑을 지닌 정념의 몸.
언어를 가진 천형의 몸.

당신의 발자국이 머릿속에 가득하다.

혈통

좁은 길에 나귀 한 마리.
터덕터덕 걸어간다.

유일한 쾌락은
하늘을 오래 보는 것.

나는 짐승이 아니라
순례자라 생각하는 것.

맞은편에서 걸어오는
한 무리의 나귀떼.

말은 말을 낳고
나귀는 나를 낳고 귀를 낳고

무리가 지나가며 풍기는
똥방귀를 맡으며
다시 하늘을 보는 나귀.

심판은 누가 하지.
분노는 누가 받아주지.

우물을 찾아 물 먹는 나귀.

먼 하늘을 보는 나귀.

빈 허공에 히힝.
울음을 토해내는 나귀 아닌 나귀.

푸줏간

모텔엔 남는 방이 없다. 붐비는 거리를 뛰쳐나와 들로 향했다. 길 없는 풀숲을 헤쳐나갔다. 가시나무가 팔을 할퀴었다. 하늘에는 구름 한 더미만 떠 있었다. 어둠이 밀려왔다. 땅 위에서 잠을 청했다. 낙엽을 모아 깔고 나뭇가지를 덮었다. 찬바람이 몸 위로 올라와 복숭아뼈부터 목덜미까지 날카롭게 핥았다. 흙이 신음을 냈다. 뜨거운 김이 입속에 가득했다. 아흔아홉 마리의 양을 셌다. 박새가 고목나무 밑에 쓰러져 희미한 울음을 토했다. 멀리서 나무 갉는 소리가 났다.

빛이 눈을 간질였다. 손목에 수십 개의 칼자국이 그어진 소녀가 옆에 앉았다. 박새 소리가 가느다랗게 들렸다. 조롱이 되고 천형이 되는 살림들. 아무것도 판단하지 못하는 비린내가 온몸에 가득했다. 짝을 잃은 고양이가 서럽게 울었다. 살진 송아지를 바라보는 늑대의 눈이 사방에서 번뜩였다.

풀잎의 사소한 역사

누군가를 섬긴 적이 없습니다.
꿈은 늘 꾸지만 언제 죽을지 모릅니다.
땅을 내려다보지 않습니다.
일 분 일 초의 생존만이 철학입니다.
기도하는 집이 없습니다.
두려워하는 마음으로 바쁩니다.
죽음 앞에서 사랑이 무슨 소용일까요.
친구는 무엇일까요.
명예와 구걸은 같은 말이라는 걸
결국 아무도 기억하지 않는 존재로 남겠죠.
늘 팔을 축 늘어뜨리고 웁니다.
먼저 울고 먼저 머리를 흔들고 먼저 죽습니다.
비바람은 늘 이기적이죠.
예기치 않게 찾아와서 계절을 얘기해줍니다.
옛친구에게 소식이 왔습니다.
찬바람 때문입니다.
서늘한 저녁 때문입니다.

직선을 치다

하늘이 보이지 않는다. 노래를 흥얼거리다가 멈춘다. 한
적한 마을버스 정류장. 구두 한 짝을 벗어놓는다. 피곤한 발
을 주무르다 냄새를 맡아본다.

역한 거리의 질서. 말하려던 것은 그런 게 아니었다. 혼자
집으로 들어가 김치를 꺼내고 찬 두부를 꺼내고 빈속에 막
걸리를 몇 순배 들이켜겠지.

여기는 먼 타역. 잡시가 되어 거리를 걷는다. 육신이 서
서히 풍화된다.

거리는 직선으로 태어나고 사람들은 직선으로 기다린다.
내 몸에서 죽은 사람들이 빠져나간다.

꿈에 등장했던 호랑이도 빠져나간다. 어둠의 너울에 입을
맞추고 소리내지 않고 울어본다.

직선으로 걷는 것은 불가능한 시간. 나무를 본다. 첨탑을
본다. 구름을 본다. 미풍의 간지러움을 본다.

나는 자주 범람한다. 등뒤 호랑이의 그렁거리는 소리가
엉덩이 사이로 뜨겁게 올라온다. 식탁에 앉아 저녁 내내 프
로야구 중계를 본다.

피투성이가 된 육신이 어둠 속에서 깜박거린다. 여전히 곡선으로 기우뚱하다. 직선으로 달리는 법을 모르는 채 질주한다.

노을을 만나는 흔한 방법

바보처럼 수긍하고 포기하는 것. 꽃길을 걷고 있다고 생
각하는 것. 자존과 착각을 오가는 것. 멀쩡한 풍경을 비관적
으로 헤아려보는 것. 가령 나는 오늘도 단테의 황혼을 걷는
다, 와 같은 문장들.

저녁은 배달음식처럼 뜬금없다. 시내버스를 타고 운좋게
맨 뒷자리에 앉는다. 서서히 쇠락하는 도시의 변두리. 가끔
씩 가뭄에 시달린 밭두렁을 지난다. 신도시의 생뚱맞은 빌
딩을 보며 저물어가는 시간. 이런 날은 철학자가 된다. 신파
로 시를 쓰고 가르치고 위안하는 날. 어정쩡한 정거장에 내
려 고속버스를 검색한다. 당장 떠날 수 있는 남도의 한적한
고장과 마주한다. 꽃길이 하늘 위로 둥둥 떠다닌다.

빈 들의 저녁

혼자 남을 때가 있다.
아무도 없고 아무 가진 것도 없이
두려운 가난만 남아 저물 때가 있다.
무리를 떠나 빈방에 돌아와
두부 한 조각에 막걸리를 들이켤 때.
빈속에 피가 돌고 몸이 뜨거워질 때.
문득 빈 것들이 예쁘게 보일 때가 있다.
조금 더 편하기 위해 빚을 지고
조금 더 남기기 위해 어지러운 곳을 기웃거렸다.
가진 것 다 털고 뿌리까지 뽑아내고
빈 들이 된 몸.
빈 몸에 해가 저물고 잠자리가 날고
메뚜기가 뛰어다닐 때.
아름다운 것을 조금쯤 알게 되었다.
들에 앉아 남은 두부 한 덩이 놓고
저무는 해를 볼 때.
세상의 온갖 빈 것들이 얼마나 평온한지.
얼마나 아름답게 우는지.
서로 자랑하듯 속을 비워내고 있다.

바람으로 저녁을 짓다

　살가죽이 뜯겨나갈 것 같다. 의자 밑에서 먼지냄새가 뿌옇게 올라온다. 둥그런 집에 바람이 불어닥친다. 소리가 존재를 증명하는 유일한 몸짓인 양 쉴새없이 몸을 흔든다.

　모랫소리가 내린다. 따닥따닥 부딪힌다. 집채만한 바람이 모래를 뱉어내며 집에 올라탄다. 지붕이 아가리를 들썩거리며 안간힘을 쓴다.

　빛은 서서히 잠들고 푸른 시간만 처연히 남는다.

　저녁에서 밤으로.
　밤에서 밤으로.

　부스럭대며 일회용 비닐봉지를 매만지는 밤. 젖은 수건을 침대에 올려놓고 물을 끓이는 밤. 그리운 사람들의 이름을 혼자 불러보는 밤.

　바지 뒷주머니가 닳아 비누처럼 빛나고 신발끈이 자꾸 풀리는 길의 끝. 남은 건 일회용 칫솔과 때 절은 속옷뿐. 신의 뜻을 떠올리는 비바람의 시간 끝에 바람의 족속이 성급하게 얼굴을 내민다.

　바람의 이름 위에 곤고한 기억 하나

서럽게 새긴다.

엉뚱한 기차는 꿈을 돕는다

푸른 별을 걷고 있다.
저녁 햇살은 사실을 환각으로 만드는 재료.
어떤 저녁은 별을 걷게 한다.
이미 어둑해진 거리의 숨 속으로.
환각이 없다면 어떻게 인간을 견뎌낼 것인가.
위험하게 살기 위하여 자꾸 의심하는 버릇이 생겼다.
기회는 늘 욕망하는 자에게 주어지는 것.
난롯불 옆에서 졸며 자존에 대해 생각하는 것.
나의 죄는 시간을 탕진한 것.
경쟁하는 시간으로부터 가장 멀리 가기 위해 몸서리쳤다.
어깨가 부딪히지 않기 위해 조바심치다 혼자 남은 시간.
거리의 노래는 독방의 숨소리 같은 것이지.
우는 법도 배우지 못하고
싸우는 법도 배우지 못하고
참는 법만 배운 채로 해는 저문다.
비참해지는 방법은 의외로 간단하다.
모든 명령에 공평하게 복종할 것.
먹고, 자고, 싸는 시간.
먹고 자고 싸기 위해 죽이고 증오하는 인간.
덫에 걸려 신음하는 밤이 지나간다.
골목을 지나고 복도를 지나고 죽음을 만난다.
내가 충실한 것은 쓰는 일밖에 없다.
별을 헤아리다가 기차를 탄다.

유황

의자에 앉았다. 벽이 벗겨져 있었다. 내가 생각하는 벽이 아니었다. 기호도 아니고 우물도 아니고 숫자도 아닌 벽이길 바랐다. 문을 열고 밖으로 나왔다. 모든 것이 축소된 어느 날. 의자에 앉았다. 의자에 앉아 햇살에 내 발목이 천천히 잠기는 것을 보았다. 꽃가루가 날렸다. 멀리서 오토바이를 세워둔 채 담배를 피우는 집시가 날 지켜봤다. 오래도록 서로의 눈을 바라봤다. 의자에 앉았다. 나는 자유다, 라고 되뇌었다. 무엇이 궁금할까. 낮은 처마 아래서 들풀과 마주하는 오후. 이런 유형의 시간들이 가득한 날. 의자에 앉았다. 꽃향기가 풍겼다. 내 목소리가 멀리서 들렸다. 집시들이 오토바이를 몰고 먼지를 일으키며 사라졌다. 누런 연기가 자욱했고, 누런 물이 넘쳐났다. 뉘엿뉘엿 해가 저물었다. 시곗바늘이 떨어지고 백야가 되었다. 여기저기 빈 의자만 나뒹굴었다. 세상천지가 온통 누랬다.

사족이니까 괜찮다는 새의 말

새의 깃털이 눈물처럼 내리네. 창문을 열면 그림자들이 지붕 위로 떠다니네. 불행은 멈추지 않네. 피부에 달라붙어 피를 빨아먹네. 새가 머리 위로 날아다니네. 슬픔은 어쩔 수 없이 떠오르고 태양은 매일 가라앉네. 창문을 닫으면 장중한 새의 몸짓이 떠오르네. 새는 황혼을 얘기하네. 부박한 영혼이라고 놀려대네. 재물을 물고, 기대를 차고 천박하게 하늘을 쳐다보네. 해거름이 되면 슈퍼 앞 평상에 앉아 지나는 사람들을 쳐다보네. 평상에 앉아 막걸리를 천천히 마시는 노년을 생각하네. 유행이 뭔지도 모르고 첨단은 더더욱 모르네. 내 언어는 자꾸만 화려하고 세련된 수사만 만드네. 저 경박한 햇살을 어쩔 줄도 모르는 채. 새가 어깨 위에 앉아 자꾸만 중얼거리네.

바람의 손자국

 변주곡은 없다. 형상이 없는 바람의 몸. 골목길에서 바람을 기다린다. 당신의 비명을 생각한다. 의미는 사라지고 거짓은 시작된다. 이 골목은 바람의 산란처다. 보이지 않는 고통과 피비린내가 진동한다. 슬픔도 없이 생일이 지나간다. 바람에겐 애도가 없다. 어깨와 가슴과 배꼽으로 들어오는 날카로운 바람의 체온. 주위엔 모두 썩어질 것들뿐이다. 몸도 기억도 분노도 희망도. 한때 바람을 잡으려 온 힘으로 애를 썼다. 무릎으로 돌밭을 뭉개고 가시덤불을 손으로 헤쳤다. 언덕에 올라 헐떡거리며 먼저 지나간 바람을 멍하니 보곤 했다. 바람은 늘 넉넉하지 않았다. 어딘가로 모질게 떠밀기만 했다. 이제는 기다려도 오지 않는 바람. 세상의 시간이 덩어리로 지나간다. 따지고 보면 보이지 않는 곳까지 건넌 적이 없다. 골목길에서 바람과 마주한다. 길에서 얻은 옆구리의 상처가 도진다. 바람이 가만히 다가와 상처를 매만진다.

퇴근

차창 밖으로 비가 내린다.
버스를 타기 전에는 맑았던 하늘인데
집으로 가는 길에 비가 내린다.
지방 소도시의 대학에서 강의를 마치고
서울로 올라갈 때면 늘 가혹하게 막힌다.
모두 저마다 집으로 가거나
외로움을 달랠 사람들을 찾아가거나
저녁 일터로 가는 길일 것이다.
휑한 마음 한구석에 빗방울이 또르륵 떨어진다.
매일 보따리를 들고 어딘가로 나서는
장사꾼의 저녁이 궁금하다.
언제쯤 집에 당도할까.
쉬어야 할 집은 멀고
목은 더 컬컬해진다.
버스 뒷자리에서 우는 소리가 들려온다.
무슨 사연인지 생각하다
뒤로 가서 가녀린 등을 토닥거려주고 싶지만
모르는 척 그냥 눈을 감는다.
도착할 집은 멀고 잠은 오지 않는다.
버스가 도착할 무렵이면
가까운 막걸리집부터 찾을 것이다.
컬컬한 목이 바짝 마른다.

툭

찬바람이 옷깃을 연다.
궁핍도 잊고 지체한 일들도 잊고
언덕을 오른다.
바람의 체온을 오래 안으면
바라보는 모든 것들이 붉게 물들어간다.
물들어간다는 건 고통스러운 것인데
물들어간다는 건 소멸하는 것인데
이 아름답고 황홀한 속마음을 어디에 둘까.
악인이 넘치는 세계에서
무엇을 붙들고 무엇에 물들고 잠들까.
무력한 사람들에게 간청할 목록을 적고 나면
소리내어 울고 싶어진다.
무엇을 위해 우린 목소리를 놓지 못했을까.
지난여름 온몸을 물로 가득 채웠지.
물의 힘으로 당신을 기억했다.
이제 서서히 내 몸에 물이 빠져나간다.
잎들은 모두 붉고 노랗게 늙는다.
언덕의 세상과 당신과 내가 온통 물들다가
툭 다른 계절로 사라지는 순간.
푸석한 내 몸에서 당신이 툭 떨어져나가는 순간.
툭 툭 빗방울이 가슴을 두드리는 절명의 순간.

여름을 맞이하는 우리들의 자세

벼가 익어가는 장면을 떠올리지 마.
우리가 경계해야 할 우상들을 꼽아봐.
성전과 정전과 도전의 목록을 삭제해.
힘찬 게으름과 전략적 휴식이 필요해.
비행기를 타고 떠나는 자들에 대한 무시가 필요해.
미드와 웹툰에 대한 맹목적 신뢰가 필요해.
김치와 맥주의 궁합을 발견해야 해.
비슷한 여름을 맞는 자들에 대한 환대도 잊지 말 것.
음식을 얻어먹거나 굶으려는 태도를 가질 것.
떠나간 애인이 생각나지 않기를 간절히 바랄 것.

어느덧 그들이 왔다.
이름 없이 빛도 없이
해가 길어진다.

다정한 시인들

그런 사람 있다.
분에 못 견디는 사람.
자학이 일상인 사람.
진상을 일탈로 오해하는 사람.
자존과 자만을 구분하지 못하는 사람.
가르치는 사람.
말하고 싶어 안달난 사람.
열등감을 뒤집어쓴 채 거품 물고 남 욕하는 사람.
죽고 싶다고 살고 싶다고 어디든 뛰어드는 사람.
여자란 것들 남자란 것들 다 예뻐 보여
무조건 들이대는 사람.
목 부러지게 머리 조아리고 손바닥 비비느라 바쁜 사람.
보고 싶은 사람 하나 없이
흐느끼고 싶은 마음 하나 없이
읊고 싶은 시 하나 없이
술 마시는 게 무엇이 그리도 바쁜 사람.
모두 만나본 사람.
모두 나 같은 사람.
오늘도 불금을 기다리는 사람.

환상 연구실

날카롭다. 여기에서 저기로. 저기에서 무한으로. 일면에서 이면으로. 들어가고 나온다. 백면에서 천면으로. 너와 나로. 서로의 얼굴을 반사한다. 당신과 당신의 거기. 거기와 저기로. 침투하고 삽입한다. 저쪽에서 이쪽으로. 이승에서 저승으로. 어떤 시간에서 저쪽 시간으로. 굴절되어 파편되어. 빛으로 바람으로. 공기로 물로. 과거에서 미래로. 미래에서 현재로. 회귀하는 나. 떠오르는 당신. 현재의 타인. 미래의 타자. 너의 거울. 당신의 거울. 허구와 진실이 허상과 진리가 허망과 진창이 허세와 진창이. 얽히고설키고 너의 책상에 의자에 시험과 발표를 옥죄고 달랜다. 창작이란. 창조란. 시란. 시적이란. 당신의 우주를 먹고 싶다. 당신의 얼굴을 넣고 싶다. 활을 겨눈다. 시간을 쏜다. 거울과 보석과 하얀 눈이 쇼윈도에 박혀 있다. 꿈이 무지개로 반사된다. 경계도 없이. 하얗게. 노랗게. 투명하게. 딱딱한 물질로 남는다.

걷기의 시학과 사제의 눈물

송종원(문학평론가)

1. 눈물이 길을 간다

리베카 솔닛은 『걷기의 인문학』(반비, 2017)에서 이렇게 말한 바 있다.

이상적으로 볼 때, 보행은 몸과 마음과 세상이 한 편이 된 상태다. 오랜 불화 끝에 대화를 시작한 세 사람처럼. 문득 화음을 들려주는 세 음표처럼. 걸을 때 우리는 육체 와 세상에 시달리지 않으면서 육체와 세상 속에 머물 수 있다.

솔닛의 저 말은 이재훈의 새 시집을 만나는 진입로 역할 을 할 만하다. 이재훈의 시 역시 보행중이다. 이 말은 여러 뜻으로 풀이할 수 있을 텐데, 무엇보다 그의 시가 세상 속으 로 걸어가는 육체 속에서 생성된다는 점을 먼저 말할 수 있 겠다. 이재훈 시의 주체는 걸으면서 다채로운 감정에 휩싸 이고 또 걸으면서 사색하며, 그리고 걸으면서 무언가를 구 한다. 뒤집어 말하면, 사색은 세상 속으로 걷는 것이고, 감 정 또한 걷는 중에 세상과 가까워지며 어떠한 모양새를 이 룬다. 그런 점에서 이재훈의 이번 시집은 '걷기의 시학'이 라는 말로 풀어낼 수도 있겠다. 그런데 이 걷기가 이루어내 는 어떤 결정적인 것에 대해 아직 말을 다한 바는 아니다.

무엇보다 걸음은 한 호흡을 다른 호흡으로 옮겨놓는 일

을 한다. 이 호흡의 전환 속에서 우리는 슬쩍슬쩍 다른 세계의 기미를 엿보는 비약이 이루어지는 모습을 보게 된다. 가령 이 시집에서 그려지는 무한히 배회하는 육체는 "모든 것을 용서할 것만 같은 고요"가 되어 "새벽 속으로 걸어"들어가기도 하며(「질병의 숲」), 걷는 일 끝에 한 생명이 스스로를 전혀 다른 존재로 받아들이는 일 또한 벌어진다(「혈통」). 어쩌면 저 전환과 비약이야말로 이재훈이 걸으면서 시를 쓰는 일을 통해 꿈꾸는 일인지도 모른다. 하지만 그 일은 마냥 이루어지는 것이 아니라 메마른 현실을 무수히 통과하는 과정을 몸소 겪고 통과해야만 한다는 차가운 사실 또한 우리는 안다. 그 한 순간에 도달하기 위해 시인은 호흡을 바꾸고 생각을 바꾸고 감정을 바꾸는 지난한 과정을 겸허하게 받아들인다.

바람은 바닷물을 뒤집고
바닷물을 따라 물고기들이 솟구친다.
햇빛에 몸을 기울이는 수중식물이
바닷물끼리 부딪히는 협곡에 숨어
줄기에 공기를 불어넣는다.
몰락의 길에는 비상구가 없다.
오랜 사랑이 없고 도륙과 생존만이
물속의 시간을 지배한다.

(……)

오직 생존만이 도덕인 바다의 꿈틀거림.
미래를 점칠 수 없는 계절이 계속되고
가장 알량한 회개가 마음을 헤집는다.
수면 위로 솟구쳐올라 바위에 온몸을 부딪치는
눈물벼락.
남몰래 땅속을 흐르는 물주머니가
천둥처럼 얼굴에 달라붙는다.
　　　　　　　　　　　　　—「생물학적인 눈물」 부분

　시인의 걸음이 바다에 이르렀다. 흔히 바다를 '무한의 공
간'으로 표상하지만 이 바다는 어딘가 좀 다르다. 왜인지 이
시에 그려진 바다는 '비상구 없는 몰락의 공간'과 연결된 채
'도륙과 생존'의 세계를 표상하는 차원에 갇혀 있다. 시인의
걸음은 저 문제적 바다를 목전에 둔 상황에서도 변하지 않
고 움직임을 계속한다. 바다 앞에서 멈춘 걸음은 바람으로
변화하여 시인을 바닷속까지 이끈다. 이 시에 그려진 바람
은 시인의 걸음이 모습을 바꿔 움직이고 있는 기세라고 읽
을 수 있다. 바람이 되어 바닷속에 들어간 시인은 그곳을 헤
집어놓는다. 바다라고 썼지만 같은 시에서 바다처럼 헤집어
지는 대상이 '마음'으로도 적혀 있는 것을 보건대 이 바다는
어쩌면 시인이 구도의 길 끝에 마주한 시인의 마음이고 기

억이라고 볼 수도 있겠다.

　정처 없는 걸음 끝에 우리가 기어코 도달하는 곳이 우리의 내면이라는 말은 자연스럽다. 오랜 걸음의 끝에 마음의 한 조각을 마주하는 일은 어려운 일이 아니다. 아마도 시인은 자신의 마주한 내면이 생존 지향적인 상태로 얼어붙어 있는 것을 어떻게 해서든 전환시키고자 했으리라. 그 전환의 실천과 동시에 벼락처럼 눈물은 흐르고, 그것은 파도의 움직임과 같은 기능을 하며 바다를 다시 살아 움직이게 한다. 그러니까, 걸음이 못다 한 길을 눈물이 가게 한 것일 수도.

　'생물학적인 눈물'이라는 제목을 좀더 들여다보자. 이 시에 쓰인 '생물학적'이라는 말은 극히 육체적인, 내지는 무의식적인 눈물이라는 표현에 가까울 것이다. 나도 모르게 내 안에서 흘러나온 반응에 주목하며 시인은 그 움직임의 순도를 극히 자연스러운 육체의 것으로 명명하고 싶었던 것으로 보인다. 이재훈의 이번 시집은 그런 의미에서 경직된 육체가 한없이 유연해지는 움직임으로 이동하는 과정중에 쓰인 것들로 형성되었다고 말할 수도 있겠다. 이번 시집에 실린 시편들의 표면에는 유독 많은 관념의 흔적이 보인다. 우리는 그 흔적들을 경직된 육체의 기록이자, 한편으로 이번 시집이 실천하는 걷기의 시학이 뚫고 나간 현실의 자리로 읽어야 한다. 다시 말해 그 관념들은 육체가 유연해지기 전까지 육체를 옥죄고 있던 일종의 장애물이며, 시인은 그 장애물을 애써 숨기거나 감추기보다 꾸밈없이 드러냄으로써 우리의 육체가 처한 현실을 그대로 보여주려 애썼다. 기왕에 '현실'이라는 말이 나왔으니 이쯤에서 시인의 내면에 상처를 새겨넣은 도륙과 생존의 세계상을 보여주는 시의 대표작인 「외경(外經)」을 이야기해보자.

이야기를 품은 이 시는 인용을 통해 이야기를 반복해서 보여주기보다 해석적 차원에서 인용 없이 이야기를 정리해 보이는 편이 좋겠다. 멧돼지가 뛰어다니는 설산이 있다. 그 설산에 사냥꾼 사내들이 침입해 멧돼지를 잡는다. 포획된 멧돼지가 숨을 거두자 사냥꾼 사내들은 멧돼지를 거두는데, 거두는 과정 속에 뱃속에 곤히 잠든 '아기'가 발견된다. 이 아기는 멧돼지의 아이인가 사람의 아이인가. 시는 그것을 굳이 밝히지 않고 '아기'라는 표현에서 멈춰 있다. 묘한 것은 저 아기라는 표현만이 아니다. 이후의 서사가 기이한 느낌을 증폭시킨다. 죽은 멧돼지에게서 아기를 발견한 사냥꾼은 그 아이를 다시 멧돼지의 뱃속에 넣게 되고, 그로 인해 멧돼지는 부활하듯 눈을 뜬다. 마지막에는 공간이 설산에서 대도시로 바뀌며 사냥꾼 사내들의 얼굴에 털이 나기 시작하고 멧돼지 가죽을 둘러쓴 사내들이 도심의 골목길을 걷는 것으로 시가 마무리된다.

이 시는 우리가 살고 있는 현실을 보여주는 것은 물론 그 현실 속에서 발견한 특별한 주체성을 주목하고 있다. '사냥의 시대'로 볼 만한 현실은 생명을 가진 것들을 날카롭고 차가운 무기를 통해 도륙하는 장면들을 연속적으로 펼쳐 보인다. 우리는 이 장면을 실제로 살처분된 수많은 동물들의 모습으로 읽을 수도 있고 또 한편으로는 무한 경쟁의 시대에 낙오자나 루저가 되지 않기 위해 생존의 자리를 쟁투하는 사람들의 모습으로 읽을 수도 있을 것이다. 우리가 눈감고 있는 장면을 시인은 우화를 통해 다시 보여주는 방식을 취하고 있다. 그런데 그 도륙과 살해의 시간 속에 그것을 중단하고 새로운 순간을 맞이하는 어떤 성스러운 삶의 순간이 시 속에 자연스럽게 자리하고 있다. 아이를 발견하고 아이를 통해 죽임을 당한 생명이 되살아나는 장면이 그러하다. 본능적으로 혹은 직감적으로 인간으로서 어떤 행위를 멈출수밖에 없는 지점을 시인은 이 시를 통해 건드리는 듯 보인다. 날카롭고 차가운 무기가 더이상 가닿지 못할 지점을 보여줌으로써 우리 안에 살아 있는 어떤 본성을 자극하는데, 이 본성은 한편으로 '생물학적인 눈물'을 발생하게 만드는 기원이기도 하다. 길을 헤매는 시인이 길을 떠돌며 삶을 찾는다면 시인이 가닿으려고 하는 삶의 모습은 저 눈물의 길을 통해 열린다.

2. 슬픔이라는 물질

눈물에서 좀더 나아가자. 이재훈의 시를 이야기하면서 걸음과 함께 자연스럽게 동반되는 것은 슬픔이다. 이 시집 여러 곳에는 시에 등장하는 표현 그대로 슬픔이 고이 접혀 있다.

　안개는 다시 태어난다는 약속도 없이 천천히 그 깊이를 알 수 없는 곳으로 사라진다. 안개를 온몸으로 먹고 슬픔은 기지개를 편다. 서럽게 아름다운 문장이다.
—「누대(屢代)」 부분

　슬픔을 고이 접어둔다는 표현처럼 시인은 슬픔을 아낀다. 아무래도 시인은 그것이 단번에 해소될 수 있는 감정처럼 여기는 일을 저어하는 듯 보인다. 이재훈에게 슬픔은 흘러가는 감정이 아니다. 대신에 그것은 마주해야 하는 물질이다. 시인은 슬픔을 물질처럼 붙잡고 오래 들여다본다. 슬픔을 물질화한다는 것은 그것을 문제화한다는 뜻이기도 하다. 왜냐하면 물질로서의 슬픔은 쉽게 해소되거나 매만져지는 것이 아니기 때문이다. 시인은 말한다. "이해할 수 없는 슬픔도 있습니다"(「저에게 두번째 이름을 주세요」)
　다시 「누대」로 돌아가면 같은 시에서 시인은 슬픔을 충전시키는 안개에 대해 "세계에서 가장 흔하고 아름다운 물질"이라고 말한다. 이에 비추어 보면 슬픔은 어떤 아름다움과 인접한 종류의 물질이라고도 말할 수 있겠다. 온전히 이해할 수 없지만 이해를 넘어서서 아름다운 것! 시인의 걸음은 그것 속으로도 걸어들어가고, 그 결과 이번 시집에서 그

려내는 슬픔에 대한 구절들은 실로 다채롭다. 가령 "슬픔은 멀찍이 바라보는 것에서 시작되었어요"(「추천해주고 싶지 않은 직업」)라는 구절도 주목을 요한다. 이 구절은 어떤 분리된 거리 속에서 슬픔이 생성된다는 의미로 읽을 만하다. 하지만 중점은 분리된 거리가 아니다. 시인이 말하고자 하는 바는 슬픔을 통해 이루어지는 시선의 교란이다. 다시 말해 슬픔을 통해 먼 것은 가까운 것이 되고, 가까운 것은 먼 것이 된다.

고요한 시간을 강물에 바친다. 금기의 기도문을 하늘에 타전한다. 세상의 모든 소리들이 잠을 잔다. 고개를 꺾고 땅으로 떨어진다. 한 시절을 울다보면 살짝 데친 가난이 서로 부둥켜안고 있다.

―「나물 같은 시」 부분

아마도 나물을 보며 시인은 어린 시절의 가난을 떠올렸을 수도 있겠다. 이 어린 시절은 "한 시절을 울다보면" 겨우 발굴되는, 내밀하고도 비밀스러운 것이기도 할 것이며 당연히 그것은 지나가버린 과거가 아니라 현재까지도 끊임없이 영향력을 행사하는 시인의 삶의 핵심적인 부분일 수도 있겠다. 세월 속에 아무는 상처가 있고 세월도 어찌할 수 없는 상처가 있다. 그중에서도 후자의 것은 우리의 삶에 끊임없이 영향력을 행사하며 우리의 삶의 방식에 개입하는 기능을 한다. 어쩌면 이것을 들여다보고 해소하는 일이 우리의 삶의 기나긴 과정이라고도 볼 수 있지 않을까.

「나물 같은 시」에는 자신의 삶의 핵심을 들여다보는 시인의 얼굴이 새겨져 있다. 그 시절 속에는 서로를 부둥켜안고 울었던 고통이 있고, 금기의 기도문을 하늘에 타전하던 불행도 있다. 이재훈의 시에서는 신앙과 관련한 경험이 자주 드러나는데, '금기의 기도문'이라는 표현을 거느리고 있는 이 시 또한 다르지 않다. 아마도 저 경험에는 신앙과 어떤 불화를 겪었던 순간이 담겨 있을 것이다. 불화의 경험은 가까운 것을 먼 곳으로 돌려놓고, 먼 곳을 자신의 삶으로부터 분리된 것으로 여기는 환상을 제공한다. 그런데 이 시는 그 환상을 거꾸로 뒤집어 자신의 삶에서 분리되지 않은 채 주도적인 영향을 미치는 그것을 바로 보게 한다. 모든 것을 바쳐 빠져나오고 싶었던 삶의 극단이 시를 쓰는 과정 속에 다시 스며들어 시인이 비로소 자신의 삶을 새롭게 반추할 계기를 마련하고 있다는 말이다. 되도록 멀리 떼어놓고 싶은 부분을 자신과 가까운 것으로 인정함으로써 자기 자신을 정립시키는 사람의 결기, 강한 어조로 쓰인 시가 아님에도 불구하고 이재훈 시의 내밀한 부분에는 항상 저 강한 결기가 작동하고 있다는 것을 따로 기억할 필요가 있다. 그리고 그 비밀스러운 결기가 슬픔의 렌즈를 착용하면서 시로 쓰인다는 사실도.

슬픔과 동시에 언어를 어루만지는 「파종의 도」에서 시인은 이렇게 적었다. "한 덩어리의 말과 한 덩어리의 슬픔이 내게 간신히 남았다." 여러 갈래의 의미가 접혀 있는 표현이다. 우선 아주 귀한 말과 슬픔이 남아 있다는 의미로 읽을 수 있고, 또한 아직은 덩어리진 말과 슬픔이 남아 그것을 어떻게 분절할 것인가를 결정해야 한다는 의미로도 읽을 수 있다. 어찌되었든 남은 것은 하나가 아니다. 말과 슬픔이 분리되어 있다는 점에 주의를 기울여보면 우리는 이 슬픔을 어떻게 말로 만들 것인가. 그리고 이 말에서 어떤 감정을 발굴할지 또는 어떤 감정적 조형이 필요한지를 고민해야 한다고도 읽을 수 있다. 시인 이재훈에게 말과 슬픔은 너무나 중요한 자신의 일부이다. 아니 어쩌면 자기 자신의 전부이거나 자기 자신보다 더 커다란 무엇이라고 해야 할지도 모른다.

3. 사제의 언어

눈물이 흙속에 묻혀 삭아가고 울분이 말로 떠올라 붕붕 떠다닌다.

어둠을 씻고 닦는 밤에 고개를 숙이고 말을 매만진다.

무릎을 꿇고 어둠을 보다가 희미하고 억센 빛을 보았다.

무덤가엔 코스모스가 피었다. 목숨을 바친 가시가 혀를
내밀고 있다.

발가벗겨져야 햇살이 된다. 풀잎을 통해 햇살을 이해
하는 한낮.

—「리부팅」부분

배회하는 육체 속에 갇혀 있던 눈물이 터져 길을 만들고
흙속에 묻힌다. 시인은 그 눈물을 '삭아간다'고 적었지만 순
례자와도 같은 시인의 보행을 따라온 독자의 눈에는 눈물
이 순결한 씨앗처럼 땅속에 스며드는 장면으로 읽힐 것이
다. 이 순결한 씨앗을 돌보기 위해서일까. 눈물과 분리된 울
분 섞인 말은 땅에 이르지 않고 상승하여 공기를 어지럽힌
다. 하지만 시인은 그 공기 속에서도 다시 말을 구한다. 말
이 단지 울분에 머물지 않게 하려는 듯, 또는 울분에 억눌린
말이 소멸되지 않도록 애쓰는 듯. 시인은 그렇게 어둠 속에
서 말을 매만진다.
　고개를 숙이고 무릎을 꿇는다는 표현에 과한 의미를 부여
하는 일은 조심해야겠지만, 이 말을 그냥 지나치기에는 표
현의 무게가 남다르다. 고개를 숙이고 무릎을 꿇는 일은 일
반적인 생각처럼 절대적인 누군가를 섬기거나 복종하는 차
원의 일일 수도 있다. 실제로 이재훈의 시는 종종 어떤 절대
자를 떠올리게 하는 분위기를 자아낸다. 하지만 그 신이 나

에게 절대적이며 나를 단지 복종하게 만드는 존재가 아니라
는 점에 유의해야 한다. 이재훈의 신은 「리부팅」에서 그려
진 "억센 빛"에 가깝다. 그것은 어둠을 어둠으로만 두지 않
고, 목숨을 생존과 동일한 것으로 여기지 않게 하며, 동시
에 풀잎 속에도 깃들어 있는 무엇이다. 이 시는 흥미롭게도
'눈물'과 '매만짐'과 '이해'가 신과 만나는 길을 연다고 말
하는 듯하다. 덧붙여 이재훈에게 신은 무한한 변화이며 무
한한 생명이다. 그리고 그것은 늘 일정 부분의 고통과 함께
존재한다.

　풀이 익어가고, 물이 익어간다. 마술사가 노래를 한다.
물이 익고 풀이 익는다. 물속에 풀이 서서히 잠긴다. 물을
만지니 풀이 붙는다. 풀을 만지고 싶어 물속에 손을 넣는
다. 물이 피부를 서서히 감싼다. 물을 이해하지도 못했고,
물을 기억하지도 못했다. 물속에서 웅얼거리는 소리가 잠
긴다. 내 최초의 기억은 물을 만난 일. 물을 뿜어내지 않
고 속으로 숨는다. 깊이 침잠한다. 피부가 거칠어질 무렵,
물에서 잉크 냄새가 난다. 이제야 물을 읽는다. 물을 기억
한다. 물속에서 풀의 노래를 듣는다. 마술사가 사라진다.
형언할 수 없는 향기가 온몸을 덮는다.
　　　　　　　　　　　　　　　　　　　　—「조향사」 전문

물과 풀은 이재훈의 시 세계에서 인접어에 가깝다. 물이

있는 곳에 풀이 있고 풀이 있는 곳에 또한 물이 있다. 소리의 흐름이 자연스럽게 둘을 같은 자리로 모여들게 했을 수도 있고 둘 모두가 지닌 유연하고 부드러운 움직임이 시인에게는 같은 이미지로 다가왔을 수도 있겠다. 그런데 문자적 차원에서 본다면 둘은 엄연히 다른 표식이며 의미이다. 당연하게도 시인의 언어는 의미적 차원의 문자를 넘어선 세계에서 발생하고 전개된다. 그러므로 풀과 물이 서로의 경계를 무너뜨리는 '마술'을 불러오고 그 마술의 과정에 소리의 '노래'가 형성되는 것 또한 자연스럽다. 이와 같은 소리의 전개 속에는 어떤 우연과 특별한 감각이 내장되어 있다. 이 우연과 감각은 시인 스스로도 명쾌하게 설명하기 힘든 무엇이기도 할 것이다. 이는 소리를 흘려보내고 멈추고 조직하는 일 속에 예상치 못한 시간의 형상이 스며든다는 말이기도 한데, 이는 우리가 통상 기억이라고 부르는 것과 연관된 것이기도 하다. 물론 이 기억은 우리의 의도대로 움직이는 기억이 아니라 나도 모르게 나에게 찾아드는 기억에 가깝다.

이재훈의 시에 고개를 숙이고 받아들일 신이 있다면 저 예상치 못한 시간의 형상이자 기억일 수도 있으리라. 그것은 시인 자신이 시를 만들어가는 과정 속에 맞닥뜨린 우연이기도 하고, 자기가 사로잡혀 있는지도 몰랐던 그 어떤 경험과 시간이기도 하다. 우연이지만 우연이 아닌 우연, 경험이지만 까맣게 잊고 있던 어떤 기억. 물에서 풀로, 풀에서 노래로, 노래에서 기억으로 흘러가던 시가 '물을 읽는' 시간으로 전개되는 것은 자신의 삶 속에 깊이 잠들어 있던 어떤 것을 시인 스스로 읽어내는 시간에 가까운 일이다. 이재훈은 그렇게 자신의 삶의 깊은 곳을 언어화한다. 이 언어가 시작되는 지점에서 시인의 언어는 비로소 새로워지고, 그 새로운 시작이 시적인 느낌을 빚어 독자에게 자연스럽게 다가간다. 시인이 그토록 언어를 돌보는 모습을 보여준 것은 시인에게는 자신의 무언가가 언어를 경유해서만 도래하는 것이고, 따라서 그 도래를 위해서라도 모든 언어를 무수한 가능성처럼 돌볼 수밖에 없다고 여겼기 때문인지도 모르겠다.

사람들에게는 때로 고행의 말이 필요하다. 고행의 언어 속에서 속죄의 감정을 느끼고, 반성의 순간을 맞이하며 또한 자신을 정화하는 시간을 만나기 때문이다. 마케팅의 홍수 속에 안락의 언어가 넘실대며 우리의 삶이 쾌적하고 번듯하며 모든 것에서 홀가분하게 자유로울 수 있다는 식의 환상을 주입하고 있을 때, 시인의 언어는 도리어 그래서 기어코 반대쪽으로 향한다. 우리의 삶이 환희로만 가득찬 시간이 아니라 고통과 괴로움을 동반한 시간이라는 것을 알려주려는 듯, 그리고 그 고통과 괴로움이 결코 우리를 좌절시키거나 포기하려 찾아오는 삶의 고비가 아니라 다른 차원의 삶을 열어젖히는 과정에서 우리가 마주해야만 하는 진실이라고 선언하려는 듯. 어떤 시는 그렇게 쓰인다.

이재훈의 시는 좁은 회랑을 반복해서 걸으며 기원하고 묵상하는 사제의 언어를 닮았다. 어느 책에서인가 어떤 성당

117

— 에는 영혼들이 드나들 수 있는 문이 둥근 원의 형상으로 건물의 한 벽에 자리하고 있다는 말을 읽은 적이 있다. 이재훈의 시에도 그 둥근 문이 있다. 시인은 그 문의 주위를 오늘도 끊임없이 배회할 것이다.

—

이재훈 1998년『현대시』로 등단했다. 시집으로『내 최초의
말이 사는 부족에 관한 보고서』『명왕성 되다』『벌레 신화』가
있으며, 시론집『현대시와 허무의식』『딜레마의 시학』『부재
의 수사학』, 대담집『나는 시인이다』가 있다.

문학동네시인선 166
생물학적인 눈물
ⓒ 이재훈 2021

1판 1쇄 2021년 11월 5일
1판 2쇄 2022년 7월 14일

지은이 | 이재훈
책임편집 | 김영수
편집 | 이재현 김수아
디자인 | 수류산방(樹流山房)
본문 디자인 | 유현아
마케팅 | 정민호 이숙재 박치우 한민아 이민경 박지영 안남영 김수현 정경주
브랜딩 | 함유지 함근아 김희숙 박민재 박진희 정승민
제작 | 강신은 김동욱 임현식
제작처 | 영신사

펴낸곳 | (주)문학동네
펴낸이 | 김소영
출판등록 | 1993년 10월 22일 제2003-000045호
주소 | 10881 경기도 파주시 회동길 210
전자우편 | editor@munhak.com
대표전화 | 031) 955-8888 팩스 | 031) 955-8855
문의전화 | 031) 955-3578(마케팅), 031) 955-2679(편집)
문학동네카페 | http://cafe.naver.com/mhdn
인스타그램 | @munhakdongne 트위터 | @munhakdongne
북클럽문학동네 | http://bookclubmunhak.com

ISBN 978-89-546-8296-1 03810

www.munhak.com

문학동네